KB112535

꽃범의 꼬리, 둘

꽃범의 꼬리, 둘

발행일	2021년 5월 31일			
지은이	양준서			
펴낸이	손형국			
펴낸곳	(주)북랩			
편집인	선일영	편집	정두철, 윤성아, 배진용, 김현아, 박준
디자인	이현수, 한수희, 김윤주, 허지혜	제작	박기성, 황동현, 구성우, 권태련
마케팅	김회란, 박진관			
출판등록	2004. 12. 1(제2012-000051호)			
주소	서울특별시 금천구 가산디지털 1로 168, 우림라이온스밸리 B동 B113~114호, C동 B101호			
홈페이지	www.book.co.kr			
전화번호	(02)2026-5777	팩스	(02)2026-5747	
ISBN	979-11-6539-809-5 03810 (종이책)	979-11-6539-810-1 05810 (전자책)		

잘못된 책은 구입한 곳에서 교환해드립니다.

(주)북랩 성공출판의 파트너

북랩 홈페이지와 패밀리 사이트에서 다양한 출판 솔루션을 만나 보세요!

홈페이지 book.co.kr   •   **블로그** blog.naver.com/essaybook   •   **출판문의** book@book.co.kr

작가 연락처 문의 ▸ ask.book.co.kr

작가 연락처는 개인정보이므로 북랩에서 알려드릴 수 없습니다.

꽃범의 꼬리, 둘

양준서 시집

북랩 book Lab

목차

꽃범의 꼬리, 둘

1.

기억은 바람이고
불어야만 바람이라

불고 불어 끝 간 데 없이 가다 보면
언젠가는 나를 속일 만큼
낯선 이름이 될 거라 생각했지만

찰나의 순간은 흩어지지 못하고
이리저리 맴돌다
기억은 기어코 당신에게로

하염없이 보고 싶었는데
지금 어디에 있나.

꽃범의 꼬리, 둘

2.

당신에겐 눈 한 번 깜빡이면 사라질 일들이
내겐 지워지지 않는 문신이 되고

당신에겐 흐르는 강물이
내겐 쏟지 못한 눈물이었지

기대도 실망도
시작도 끝도
기쁨도 아픔도

이제는 안녕.

꽃
범
의

꼬
리

,

둘

3.

이제 당신은 내게 슬픔인데
부르면 무슨 소용이 있나

그럼에도 그 이름 한번 불러보고 싶은데
그럼 당신은 내게 사랑인가.

꽃범의 꼬리, 둘

4.

내가 그곳에 없어도
있었으면 하고

내가 당신일 순 없어도
모난 손톱 하나라도 되었으면 하는 게

잊을 수 없는 건지
잊어야만 사는 건지

결국엔 당신이겠건만.

꽃범의 꼬리, 둘

5.

아름답지 않아도 되니
사라지지만 말아

잠깐 있다 가지 말고
흙이고 바람이고

그저 곁에 있는 무엇이 되어
떠나지만 말아.

꽃범의 꼬리, 둘

6.

잡으려 하면 멀어져 가고
한참을 바라보다
등지고 돌아서면 다시 내게 밀려오네

파도는 당신이라

하지만 내가 없어도
밀려오고 멀어져 가네.

꽃범의 꼬리, 둘

7.

나를 위한 새싹이라면

먼지 같은 마음이
그 크기가 설령 바람보다 미개해도

나는 빛이 되고 물이 되어
어떻게든 당신을 꽃이라 부를 것을

너무 멀어 볼 수 없나
눈이 멀어 볼 수 없나

왜 나는 가질 수 없는 당신인가.

꽃범의 꼬리, 둘

8.

피어날 때를 기다리는 꽃이 있으면
피워낼 수 없는 꽃도 있으리

춥고 모진 세상 속에
당신을 만나 그로 하여금
순간이라도 나는 따뜻했었나

엉켜버린 끈은
바람결에 풀어

그때
나는 즐거웠네 하고
또 흘러가리.

꽃범의 꼬리, 둘

9.

바다 같은 사람

곁에 있지만
숨이 막혀오고

사랑한다 끌어안아 봐도
공허함이 나를 채우네

내가 없어도
너는 흘러간다

내가 아니어도
너는 흘러간다.

꽃범의 꼬리, 둘

10.

창문 한 번 열면 부는 바람인데
그뿐인데

나는 그리 특별하지 않았음을
왜 진작에 알지 못했나

아아 미련한 사람
뿌리가 없는데 꽃이 피던가.

꽃범의 꼬리, 둘

11.

노랗게 물든 은행잎은
하나 둘
떨어지고

부쩍 차가워진 바람은
어디로든 불고

모든 것이 제자리로 돌아가는데

잃은 건지
잊은 건지

나를 되찾기는
너무 멀리 와 버린 듯하네.

꽃범의 꼬리, 둘

12.

나의 예감이 전부 틀렸으면 한다

이것이 나의 피해의식이거나
상상 속으로부터 시작된 첫 번째 단락이었으면 한다.

꽃
범
의

꼬
리
,
둘

13.

사랑하지 못한 사람은
죽지 못해 오늘을 또 사는데

지켜야 할 사람이 있는 사람은
더 이상 갈 수가 없네

나는 쓸모가 없는데
자리를 내어주지 않고

그는 부르지 말아야 할 곳에서
손을 내민다.

꽃범의 꼬리, 둘

14.

스친 옷깃에
잠시나마 행복했네.

꽃
범
의

꼬
리

,

둘

15.

나를 두고
사랑하는 사람 없고
보고 싶은 사람 없네

나는 어리석어
볼 수 없고
들을 수 없네

나는 지금 없는데
어찌 내일이 있는가.

꽃범의 꼬리, 둘

16.

하굣길에 구두 신은 멋진 아빠
나를 보며 아들- 하고 끌어안아 주고

집에 오면 예쁜 우리 엄마
나의 하루를 물어주네

나의 꿈은 여덟 살
나의 꿈은 그리움.

꽃
범
의

꼬
리

,

둘

17.

겉이 점점 없어지고
시간이 흘러간다
보다 빠르게

내어야 할 소리가 옅어지고
이름이 사라져간다
조금씩

보다 빠르게.

꽃범의 꼬리, 둘

18.

참으로 감사하고 긴 여행이었다

한 번이라 더없이 아쉽지만
그럼에도 만족한다

순리대로
흘러가는 대로

강물은 흐르고 바람은 부는 것처럼.

꽃
범
의
꼬
리
,
둘

19.

우두커니 앉아
초점 없이
그저 먼 곳을 바라보면

잊고 살았던
지난날의 내가 그곳에 살았고

펼쳐지는 추억에
소리 없이 울고
표정 없이 웃네

누가 알았나

정답게 웃던 그날이
사무치게 그리울 것을.

꽃범의 꼬리, 둘

20.

감사한 날들
한없이 아름답고 찬란한 세상을 등지고

날개가 있어도 날지 못한 새는
이제 자유로이

날개를 활짝 펴고
어디든 훨훨 날아

닿는 모든 곳들이
눈부신 순간이 되고

끝내 맞는 옷을 입고서
하나를 잃었을 때

그제서야 그토록 바라던 나의 꿈들이
눈앞에 펼쳐지네.

꽃범의 꼬리, 둘

21.

오지 말래도
그리움은 나를 쫓고

가는 길이 다른 당신에게
어서 가래도
손을 놓을 순 없네

꽃이 져도
내일이 되면 다시 피고

접은 마음
바람 따라 날려 보내도
다시 내게 불어

이별하지 못한 사람은
차가운 바람을 마음에 품고

무거운 시간 속을
아무 소리 없이 걸어가네.

꽃범의 꼬리, 둘

22.

사랑하면 안 되는 사람이라

여러 밤이 지나고
수없는 아침이 찾아와도

나를 바꿔도
나를 버려도

올 수 없는 사람
괜찮을 수 없는 마음.

꽃범의 꼬리, 둘

23.

얼마나 아프고
얼마큼의 시간을 버텨야

이름 석 자 떠올렸을 때
그것을 추억이라 부를 수 있는가

길에서 널 닮은 뒷모습과
그 옆에 다른 사람을 보았을 때

우리를 회상하며 웃을 수 있는가

만신창이가 된 하루하루에
원망은 당신 몫이 되고

나는 그때
너를 만나러 가지 않았어야 했다

그 따뜻한 품이
나를 위로하지 않았어야 했다.

꽃
범
의
꼬
리
,
둘

24.

되돌아가기는 너무 먼 곳으로 가

닷새가 지나도
보름이 지나도

언제 해가 뜨고 밤이 오는지도 모를 만큼의
한참의 시간이 지나도

당신 닮은 뒷모습조차
보이지 않는구려

어디로든 뛰어보건만
숨이 찰 뿐
가슴은 꼭 얼음장같이 아려오고

마음에 품고 살아보려 건만
정녕 이것이 사는 것인지요.

꽃
범
의
꼬
리
,
둘

25.

아름답지 못했고 빛날 수도 없었던,
그런 사랑이라

자고 일어나면 사라지는 꿈처럼
옅어져 가는 우리

아주 조금의 사랑이 있었대도
그 사람보다 나를 더 사랑했대도
잘 가라는 그 말이 그 말이 아니래도

나는 이제 가련다.

꽃
범
의
꼬
리
,
둘

26.

우리가 처음 만났을 때
아니 그보다 더 처음에 만났었더라면

지금쯤 우린 무얼 했을까

난들 알았나
어긋난 찰나의 순간이
이리도 먼 곳으로 나를 데려다 놓을지

난들 알았나
고쳐지지 않은 마음이
나를 이렇게 무너뜨릴 줄은

난들 알았나
고작 종이 한 장 같은 마음 하나 접는 게
그 어떤 것보다 무겁다는 것을.

꽃범의 꼬리 , 둘

27.

아직 곁에 있는데
굳이 나를 떠나보내고

일월은 저만치 있는데
기다렸다는 듯 기어이 매듭짓는다

여느 날처럼 해가 뜨고 지고
조금은 찬 바람이 불지만

나는 변함없이
어제와 같다

언젠간 그리울 날에
아쉬워 말고

지금, 나를 보라.

꽃범의 꼬리, 둘

28.

한 해가 저물 때쯤
건네는 인사치레도 꽤 오래 건넸다

봄 없는 사계절이
여러 번 지났다

저 길모퉁이에
나를 보고 손 흔드는 그를 기다리는 것도

이 정도면 충분하지 아니한가.

꽃범의 꼬리, 둘

29.

물을 마시지 못한 나무는
조금씩 말라가고

빛을 보지 못한 꽃은
잎이 하나, 둘
나락으로 떨어지네

참 많이 웃었는데도
여느 길목엔 아무도 없고

나는 아니라고 애써 떨쳐내도
나는 그곳으로 밀어내듯
하나, 둘

누구를 위한 삶이었나

혼자서는 어느 것도 할 수 없는 세상에서
홀로 버티는 인생이

나를 위한 삶이었나.

꽃범의 꼬리, 둘

30.

만개한 저 꽃이 잎을 떨구고
제자리가 어딘지 한참을 서성거리다
바람 따라 흩어지네

저것이 삶인 듯
나는 저 잎이 되고

되돌아가기에는 너무 먼 곳으로
도망치듯 사라져

돌아올 수 없대도
덤덤히 받아들여 본다.

꽃범의 꼬리, 둘

31.

계절이 또 다른 계절로 가려 할 때
그것이 겨울에서 봄이 되는 길목이고
그곳에 내가 있다는 것을 안다는 것은 참 경이로운
일이다

곧 있으면 벚꽃이 필 것이고
오래 기다렸던 봄이
내 눈앞에 펼쳐지는 광경은 벅차오르는 감동이다

횡단보도 앞,
빨간 불이 초록 불로 바뀌는 정도의 시간만 지나면
내가 가든 네가 오든

만날 수 있다.

꽃
범
의
꼬
리
,
둘

32.

더 볼 수 없고
한 걸음 더 나아갈 수 없는
틀 안에 갇혀 산대도

그때의 기억은
나의 쓸모를 증명하고

우물 안의 개구리가 된대도
그곳은 내일을 기대하게 한다

세상을 좁게 만드는 벽이 아니라
미련과 후회에 발목 잡힌 것이 아니라

나를 지켜주는 힘이란 말이다.

꽃범의 꼬리, 둘

33.

허락된 시간 안에서만
그 존재를 보이고

경이롭고 위대한 그 모습을 조금 더 보여주면
좋으련만
무엇이 그리 급한지 쏜살같이 사라지네

짧지만 여운은 깊고
당연하지만 소중한

내일이 되면 왠지 볼 수 없을 것 같은 그 시간이
내게 묻는 듯하다

살고 있나
살아내고 있나

아니면,
그저 버틸 뿐인가.

꽃범의 꼬리, 둘

34.

봄이 오려나 싶다가도
아직은 찬바람에 움츠러든다

올해 나이를 물음에
한 번에 대답할 수 있고

얼마 지나지 않은 겨울을
작년이라고 말할 수 있는

따뜻하지 않지만
준비가 끝난 계절

삼월.

꽃범의 꼬리, 둘

35.

오랜 꿈을 꾼 듯한 시간들이
비로소 깨어나

당신 앞에 내가 서 있는데
당신은 또 어디를 급히 떠나가오

내가 당신이고
당신 없는 난계한 삶을 겨우내 살았는데

누굴 만나서 행복하려면
나는 누구를 만나고

떠나보내려거든
나는 어디를 가야 합니까.

꽃범의 꼬리, 둘

36.

그리운 마음 백 번
나는 이곳에 있고

보고 싶은 마음 천 번
나는 여전히 이곳에 있네

그저 아름다웠던 인생의 한 조각이
그리울 뿐
보고 싶을 뿐

선택엔 후회가 없지만
미련이 남는 건 어쩔 수 없나 보오.

꽃범의 꼬리, 둘

37.

그때의 나는 사라지고 없는데
그때의 당신은 여전하네

하고 싶은 말 얼마나 많았는데
얼마나 부르고
얼마나 찾았는데

그냥 울어
그저 울어

그리웠던 마음만큼 울고
사랑했던 마음만큼 울어

하염없이.

꽃
범
의
꼬
리
,
둘

38.

우리를 둘러싼 모든 것들이
당연하듯 조금씩 변해가고

이치를 부정하며 지켜낸 사랑은
포장에 가려진 상처일 뿐

맞지 않는 반지를 빼고
내 손을 보니
그가 생각났다.

꽃
범
의

꼬
리

,

둘

39.

인연을 거슬러 마음껏 그리워하면
다시 그 마음이 나를 향할 것이라고

그 이름을 부르고
또 부르고
또 불러도

소리 없이 찾아온 사랑은
흔적 없이 사라지네

곳곳에 숨어있던 그대가
이따금씩 찾아오고

언젠가부터 길을 잃었는지
희미해져 가는 기억들

영원할 것 같았던
그대
그리고 그때.

꽃범의 꼬리, 둘

40.

말라버린 꽃도
시들어진 꽃도

마침내 꽃이었거늘
어찌 아름답지 못하였나

물 한 번 적시고
빛 한 번 보았으면
다른 길을 걸었을 것을

당신은 어디에 있었나

갈구하는 숨소리가 지금도 들리는데
어찌 감히 늦은 눈물을 흘리는가.

꽃범의 꼬리, 둘

41.

보아야 할 얼굴과
들어야 할 이름과
지켜야 할 약속들을 두고

떠나간다
떠내려간다

종이배는 바다를 만나지 못하듯
각자의 인생

나의 최선.

꽃범의 꼬리, 둘

42.

저 멀리서
어서 오라고 손짓하듯

다가서면
내 발은 얼음장같이 차디차지만

살아온 어떤 기억보다
따뜻하게 어루만져 주는
오늘의 기억

바다가 하늘을 아니 품고
나는 그에게 잠긴다

아마 지금껏 참은 눈물일지도 모르겠다.

꽃범의 꼬리, 둘

43.

우중충한 마음 붙들고
한 글자씩 써 내려 간다

지독한 외로움
이곳에 잠시 묻어두고
다시 눈을 뜨면

날것의 세계가 시작된다고
그렇게 믿고 있다.

꽃범의 꼬리, 둘

44.

지나간 것에 관한 것들과
이루지 못한 꿈,

오지 않을 당신과
기억해내지 못한 잔재들까지

세상 모든 그리움 한데 모아
가장 높은 곳에서 던져버리면

사는 게 조금은 덜 아팠을까

인생이란 길 위에
그리움의 안개가 잔뜩 껴선

한 걸음 떼기는커녕
이곳은 어디인지

그저 누군가 손 내밀어 주기를
기다리고
이름 모를 그를 또 기다리고.

꽃
범
의
　꼬
　리
　,
　둘

45.

차라리 내가
아무것도 몰랐더라면

차라리 내가
사랑한단 그 말을 곧이곧대로 믿었더라면

차라리 내가
누구에게도 미안해하지 않았더라면

긴긴밤이래도 내일을 기다렸을 테지만,

그러기엔 너무도 작은 그릇에
많은 것을 담으려 했나 보오.

꽃범의 꼬리, 둘

46.

잠시 스쳐 지나간
그저 그런 사람

잠깐 머물다
짙은 흔적을 남기고 간
이방인

얇은 기억을
어쩌다 잊었는데

되돌아온 기억은
더럽게 진하네.

꽃범의 꼬리, 둘

47.

진하게 물들어진 지난 설움을
지울 순 없겠지만

더 깊은 색으로
덮어주오

틀린 것이 아니라 달랐다고
나를 감싸주오.

꽃범의 꼬리, 둘

48.

털썩하고 주저앉고 싶었는데
그러지 못했습니다.

더 열심히 할 수 있었는데
그러지도 못했습니다.

여느 날처럼 수고했다는 말에
오늘은 "그래"라며
더 이상의 말을 아껴보려 합니다.

꽃범의 꼬리, 둘

49.

모순된 삶이라 손가락질하기에
당신의 손은 그리도 펴지던가

나를 위한 걱정이
정말 나를 위한 것이었나

내리는 비는
곧이곧대로 나를 적시 우는데

해 뜰 날을 바라는 건
너무 가당치 않았다.

꽃범의 꼬리, 둘

50.

내딛는 발걸음이
처음일지 마지막이 될지

지나게 될 터널일지
갇혀버릴 동굴일지

다 알고 있는데
나만 모르네

나는 곧 사라지는데
그럼 그것도 알고 있었나.

꽃범의 꼬리, 둘

51.

수도꼭지를 열면 콸콸 나오는 물로
바다를 꿈꾸었던 걸까

턱없이 모자랐던 사랑이었을지
그 이름으로 포장된 빈 껍데기였는지
아무도 모른다

그와 그의 사람
그들을 보는 나의 시선 끝

그리고 걷잡을 수 없이 밀려드는
공허함.

꽃범의 꼬리, 둘

52.

각자의 방식에 꽤 섭섭하다가도
너의 입장을 보면 또 그러려니 이해한다

미안한 마음이 차오르지만
사랑한다

사랑한다.

꽃범의 꼬리, 둘

53.

그게 어떤 마음이었는지
나도 잘 모르겠다

나는 곧장 바다로 향했고
노을 진 바다가 끝없이 펼쳐질 뿐이었다
정말 끝없이

그게 내 마음이었다.

꽃범의 꼬리, 둘

54.

추운 봄
색 없는 꽃
날개 없는 나비
우리는 어디쯤 있나

정각과 오십구분의 거리
가까운 듯
그렇지만 닿을 수 없는
슬픈 사랑.

꽃범의 꼬리, 둘

55.

적적함이 온종일 맴돌다
밀물 밀려오듯
기어코 내게 찾아온

그리움.

꽃범의 꼬리, 둘

56.

짧은 인연에
너무 많은 것을 담으려 했나

해가 지고 별들이 비춰오는 밤을
부정한다

한강이 곧 바다가 될 거라고

구름을 손에 잡고
지지 않는 벚꽃이 흩날리며

달콤한 그 말 한마디가
내겐 마침내 봄이었다.

꽃범의 꼬리, 둘

57.

문틈 사이에서도 햇빛은 들지 못했는데
이윽고 꽃을 피워낸

아름답지도 향기롭지도 못한
가짜 사랑.

꽃범의 꼬리, 둘

58.

함께 있어도
함께 할 수 없는 사람

곁에 있어도
머문 시간만큼 저려오는 마음에
그의 손을 놓아보건만

냉랭한 나의 손은
어디에 쓸모가 있습니까.

꽃범의 꼬리, 둘

59.

열 중 하나가 되어야
잃어도 잊어도
덜 아플 텐데

열 중 열이라
긴긴밤이 깨어나지 않는 듯
미어지는 마음.

꽃범의 꼬리, 둘

60.

왜 비가 오냐고 묻더라
하늘이 슬퍼서라고 답했다

슬퍼 울면
한 번 안아줄 것을

우산을 접고
빗물을 적신다

젖다 보면
마르겠지

웃을 일이 생기면
웃게 되겠지
다시.